© 1998 Livraria Martins Fontes Editora Ltda., São Paulo,
para a presente edição.
© 1986 Babette Cole.
Esta obra foi originalmente publicada em inglês sob o título
Princess Smartypants por Hamish Hamilton Books Ltd., Londres, em 1986.

Publisher *Evandro Mendonça Martins Fontes*
Coordenação editorial *Vanessa Faleck*
Produção editorial *Carolina Cordeiro Lopes*
Tradução *Monica Stahel*
Revisão *Renata Sangeon*

**Dados Internacionais de Catalogação na Publicação (CIP)
(Câmara Brasileira do Livro, SP, Brasil)**

Cole, Babette
   A princesa sabichona / Babette Cole ; tradução Monica Stahel ;
São Paulo : Martins Fontes, 1998.

  Título original: Princess Smartypants
  ISBN: 978-85-336-0920-4

  1. Contos de fada 2. Literatura infantojuvenil I. Título.

98-3008   CDD 028.5

Índice para catálogo sistemático:
1. Contos de fada: Literatura infantojuvenil   028.5

1ª edição 1998 | **2ª reimpressão** março de 2021 | **Fonte** Minion Pro
Papel Couché fosco 170 g/m² | **Impressão e acabamento** Corprint

Todos os direitos desta edição reservados à
Martins Editora Livraria Ltda.
*Av. Dr. Arnaldo, 2076
01255-000 São Paulo SP Brasil
Tel.: (11) 3116 0000
info@emartinsfontes.com.br
www.emartinsfontes.com.br*

A Princesa Sabichona

Babette Cole

Tradução
Monica Stahel

martins fontes
selo martins

A Princesa Sabichona não queria se casar.
Gostava de ser solteira.

A Princesa era muito bonita e rica, por isso todos os príncipes queriam se casar com ela.

A Princesa Sabichona queria viver sossegada no castelo,

com seus bichos de estimação, fazendo o que bem entendesse.

— Está na hora de criar juízo – disse sua mãe, a Rainha. — Chega de só ficar às voltas com esses bichos! Trate de arranjar um marido!

Um monte de pretendentes chatos ficavam o tempo todo rodeando o castelo.
— Tudo bem! — declarou a Princesa Sabichona. — Quem passar pela prova que eu determinar terá minha mão em casamento, como se costuma dizer.

Ela ordenou ao Príncipe Adubo que fizesse as lesmas pararem de estragar seu jardim.

Mandou o Príncipe Ousado alimentar seus animais de estimação.

Desafiou o Príncipe Roque para uma maratona de patinação.

Convidou o Princípe Tremelique para andar de moto pelo campo.

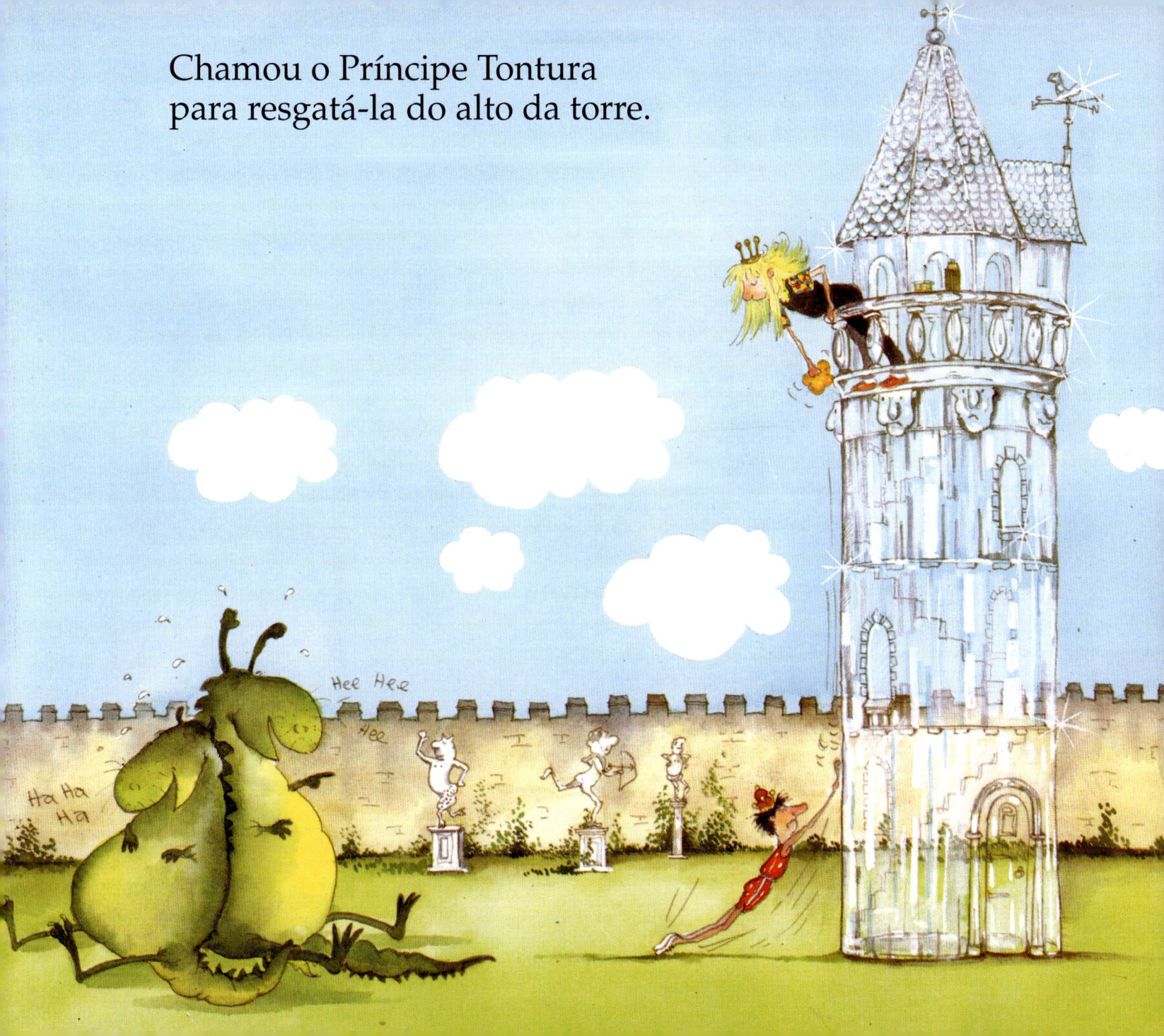
Chamou o Príncipe Tontura para resgatá-la do alto da torre.

Mandou o Príncipe Quebratudo buscar lenha na floresta.

Sugeriu ao Príncipe Mocotó que tentasse domar seu potro.

Deu ordens ao Príncipe Mergulhão para tirar seu anel mágico do tanque de peixinhos.

Nenhum dos príncipes conseguiu cumprir a tarefa que lhe coube.
— Então, nada feito — disse Sabichona, pensando que estivesse livre.

Mas então apareceu o Príncipe Fanfarrão.

Ele fez as lesmas pararem de estragar o jardim.

… alimentou os animais de estimação…

... patinou e rodopiou até o dia amanhecer...

... rodou centenas de quilômetros de moto...

Ele resgatou a Princesa do alto da torre.

Foi buscar lenha na floresta.

Até domou o potro selvagem.

... levou a Rainha-mãe para fazer compras.

e tirou o anel mágico do tanque de peixinhos.

O Princípe Fanfarrão não estava achando a Princesa Sabichona tão sabida assim.

Então ela lhe deu um beijo mágico...

… e ele virou um sapo enorme!

O Príncipe Fanfarrão foi-se embora depressa!

Quando os outros príncipes ficaram sabendo o que tinha acontecido com o Príncipe Fanfarrão, ninguém mais quis se casar com a Princesa Sabichona…

e ela viveu feliz para sempre.